괜찮아, 나니까

푸른사상 동시선 30

괜찮아, 나니까

인쇄 · 2016년 7월 23일 | 발행 · 2016년 7월 28일

지은이 · 유은경
펴낸이 · 한봉숙
펴낸곳 · 푸른사상

주간 · 맹문재 | 편집 · 지순이, 김선도 | 교정 · 김수란
등록 · 1999년 7월 8일 제2−2876호
주소 · 경기도 파주시 회동길 337−16(서패동 470−6) 푸른사상사
　　　 서울시 중구 을지로 148 중앙데코플라자 803호
대표전화 · 031) 955−9111(2) | 팩시밀리 · 031) 955−9114
이메일 · prun21c@hanmail.net / prunsasang@naver.com
홈페이지 · http://www.prun21c.com

ⓒ 유은경, 2016

ISBN 979−11−308−0970−0　04810
ISBN 978−89−5640−859−0　04810 (세트)

값 11,000원

푸른사상
동시선

30

괜찮아, 나니까

유은경 동시집

푸른사상
PRUNSASANG

내 머리를 쓰다듬어 주자

안녕?

나야, 만식이. 축구 얘기 할 때면 말이 빨라지고 심장이 뛰는 황만식.

넌 언제 심장이 뛰니? 아직 없다고 해도 걱정 마. 네가 좋아하는 걸 이야기하며 눈을 반짝이는 순간이 틀림없이 올 거야.

지난번 찔레꽃을 보다가 학교에 지각을 했어.

벌칙 쪽지가 든 상자에서 하필 '꿈틀이 춤'을 뽑았지 뭐야. 나처럼 부끄럼 많은 아이에게는 끔찍한 벌칙이야. 식은땀이 났지만 눈 딱 감고 춤을 췄어. 한번 해 보니까 눈곱만큼 자신감이 생기더라.

그동안 앞만 보고 걸어온 것 같아. 주위를 둘러보며 천천히 걷기 시작했어. 그제야 애기똥풀 꽃이 보였어. 측백나무 사이에 새 둥지도 보였지. 길고양이가 중얼거리는 소리도 들리더라. 천천히 걸어도 돼. 좀 늦으면 어때.

칭찬 좋아하지? 나도 엄청 좋아해. 우린 칭찬을 먹고 크는 꿈나무잖아.

4

얼마 전 국어 시간에 앞에 나가 발표를 했어. 나는 사람들 앞에 서면 얼굴이 빨개지고 귀에서 징 소리가 나. 그래도 꾹 참고 발표를 마쳤어. 내가 자랑스러웠어. 속으로 나를 칭찬해 줬지. 잘 했어, 정말 멋져 하고. 어때, 오늘부터 너도 해 볼래? 이왕이면 머리도 살살 쓰다듬어 줘. 기분 좋아질 거야.

살다 보니 맘대로 안 될 때가 많아. 공부도 그렇고 친구도 그렇고. 혹시 너도 그러니? 실망할 필요 없어. 하는 일마다 잘되는 사람은 세상에 하나도 없을 테니까.

잘될 거야, 만식아. 요즘 내가 나한테 자주 해 주는 말이야. 처음엔 쑥스러웠지만 자꾸 해 보니 괜찮아졌어.

뭔가 일이 꼬이고 속이 상할 때 너에게 말해 줘. 너만 들을 수 있는 목소리로, 잘될 거야 해 봐. 놀라운 일이 막 생길 거야. 네 이름 불러 주는 것도 잊지 마.

그럼 또 봐.

2016년 7월,
시인을 대신하여 만식이가

| 차례 |

제1부 생각대로 뉴스

김광현(안산, 성포초 4학년)

제2부 날아오르는 은행나무

| 차례 |

제4부 멸치 주민등록증

안성우(양주, 고암초 5학년)

애기똥풀 꽃이 날 보고 웃었다

제1부

생각대로 뉴스

학교 가는 길

빨강 거북 파랑 거북 알록달록 거북
팔팔한 거북 시무룩한 거북
말똥말똥한 거북 부스스한 거북
뛰어가는 거북 소리치는 거북
문구점 앞에서 한눈파는 거북……

책가방 등딱지 하나씩 메고
온 동네 거북이들 바다로 갑니다

김유빈(의정부, 청봉초 5학년)

지각한 이유

교문을 막 들어서는데
어디서 좋은 냄새가 풍겨 왔어요
주차장 옆 울타리에
하얀 꽃이 와글와글하는 거예요
찔레꽃이란 이름표를 달고 있었어요
찔레꽃이 자꾸 말을 걸어서 그만……
정말이에요, 선생님
우리 학교에 찔레꽃이 사는 걸
오늘 처음 알았어요

발표 시간

부끄럼을 두고 왔는데
몰래 내 뒤를 따라왔나 봐
분명 집에 두고 왔는데

서랍에 넣으며
가만있으라고 부탁했는데
슬쩍 빠져나왔나 봐

틀림없어
내 심장이 둥당둥당
두 볼이 와락와락하잖아

부끄럼은 어쩜,
말을 안 들어

문제 있어

아침에 라디오 광고를 들었어
문제없어 문제없어
아침 먹으며 따라 불렀어
문제없어 문제없어
사회 시간 국어 시간
체육 시간 수학 시간
문제없어 문제없어
점심 먹으면서도 자꾸 맴돌아
다른 노래를 불러 봐도
떨어내려 귀를 막아도
짝이랑 수다 떨어 봐도
속으론 어느새
문제없어 문제없어
아아, 끈질긴 문제없어
제발 좀 떨어져라 문제없어

이동건(안산, 경일초 4학년)

자, 조용조용

애들아,
새들은 두 다리 쭉 펴고 날아
다리를 떨거나 흔들지 않아
옆에 나는 새와 장난치지 않아
친구를 못살게 굴지도 않지
필요할 때만 신호를 할 뿐
시끄럽게 떠들지 않는단다

선생님,
새들도 날면서 딴생각할걸요
우리에겐 안 들려도
엄청 조잘대면서 갈걸요
어미가 야단치고 잔소리해도
한눈팔다 뒤처지는 새
분명 한둘은 있을걸요

반짝반짝하는 순간

있잖아, 난
축구 얘기 할 때면
말이 빨라져
심장이 뛰어

영어 시간에는
시들시들하다가도
체육 시간에는
팔팔 날아다녀

꽃나무 얘기 하며
싱글벙글하는 이모처럼
마술 이야기 할 때
눈 초롱초롱한 민호처럼

누구나 그런 순간이 있어
반짝반짝하는 순간이 있어

꽃을 봤을 뿐인데

시험 걱정하며 학교 가는 길
애기똥풀 꽃이 날 보고 웃었다
노랑 웃음 노랑 웃음
눈에 쏙 들어와
머릿속이 환해졌다
가벼워졌다

민호와 다투고 집에 오는 길
애기똥풀 꽃이 날 보고 웃었다
노랑 웃음 노랑 웃음
맘에 쏙 들어와
간질간질 번졌다
따듯해졌다

유연서(안산, 경일초 4학년)

생각대로 뉴스

만식이는 내일 아침 일찍 일어나겠습니다
전교에서 가장 먼저 등교하겠습니다
급식에는 치킨, 피자, 콜라가 나오겠습니다
만식이는 실컷 먹고 한 조각 더 먹겠습니다
4학년 축구 시합에서 만식이 반이 이길 예정입니다
세 골을 멋지게 넣은 황만식 선수는
친구들의 칭찬을 한 몸에 받겠습니다
내일부터 만식이는 학원에 안 갑니다
맘껏 놀고 텔레비전도 질리게 보겠습니다
누나는 게임기를 양보하고 잔소리도 안 하며
만식이를 위해 과자를 남겨 놓겠습니다

이상, 만식이의 생각대로 뉴스였습니다

김도현(안산, 경일초 4학년)

멋진 훈화 말씀

교장 선생님 말씀은 길어
길면 기차 기차는 빨라 빠르면 참새
참새도 꾸벅 졸다가 툭,
떨어질 정도야

교장 선생님 말씀은 길어
지구를 떠난 내가 화성 목성 찍고
달에서 줄넘기를 삼백 번 넘고 와도
끝나지 않아

그러던 교장 선생님이
방학식 날 싹 달라지셨네

여러분, 날 따라 해 봐요
신나는 방학, 즐겁게 보내자!

우리는 목청껏 따라 외쳤지

신나는 방학, 즐겁게 보내자!

이상 끝!

희망 사항

나는 밥을 느릿느릿 먹어요
수학을 세월아 네월아 풀어요
방 정리하는 일 한나절
일기 쓰기도 꾸물꾸물
어느 한 가지 빠른 게 없어요

그래도 엄마는
소리치지 않아요
나무라지 않아요
내가 다 할 때까지
기다려 줘요

느릿느릿!

어휴!

이윤지(양주, 고암초 3학년)

27

괜찮아, 나니까

내가 생각해도
내가 기특할 땐
내 머리를 쓰다듬어 주자

잘 했어
정말 멋져
아낌없이 칭찬해 주자

내가 생각해도
정말 못했을 땐
두 팔로 날 꼭 안아 주자

뭐 먹을래?
뭐 하고 놀까?
다정하게 물어봐 주자

최예송(양주, 고암초 3학년)

1밀리

손가락이 곪았다
아빠가 소독한 바늘로 콕 찌르자
고름에 아주 작은 가시가 묻어 나왔다
자로 재어 보니 1밀리미터

티끌 같은 가시를 내보내려고
아프고 붓고 가려웠구나

아빠는 우리도 똑같다고 했다
때론 티끌만 한 일로 맘 상하고
한마디 말 때문에 아프다고
그러니 나를 늘 돌아보라 했다

네 하고 대답은 했지만
고개 끄덕이긴 했지만
수학만큼 어려운 사람 마음

잘될 거야

고등학교 담벼락에
커다란 펼침막이 걸렸다

2016학년도 수능 응원
잘될 거야
너에겐 눈부신 미래가 있어

잘될 거야 옆에다
내 친구들 이름을
하나씩 넣어 봤다
왠지 쑥스러웠다

내 이름 넣어 말해 보니
괜히 찡해졌다

잘될 거야, 만식아

나에게 이런 말
처음 해 준다

핑계

파리야,
창문 열어 놨으니 나가 놀아라

—밖은 더워서 싫어

그럼 책이라도 읽어라

—책은 졸려서 싫어

그럼 천장에 붙어 한숨 자라
수선 피우지 말고

—낮잠 자면 밤에 잠 안 와

어쩔 수 없네
내가 나가는 수밖에

땡서영(안산, 경일초 4학년)

만 번 이상 꿈을 말하면 이뤄진다 했는데

제2부

날아오르는 은행나무

바람의 손가락

잇몸 간지러운 아기가
잘근잘근 손가락 깨물듯

딱지 앉은 무릎에
자꾸자꾸 손이 가듯

열무 싹 올라오는 텃밭
근질근질한 땅거죽을

바람이 시원하게 긁어 줍니다
수천수만 개 손가락으로

신재권(안산, 경일초 5학년)

봄 산

보풀보풀

부풀어 오르는

거대한 연둣빛 빵 덩이

신재권(안산, 경일초 5학년)

쑥국

쑥국을 먹는다
둑에서 엄마랑 뜯은 쑥

깡충거미가 깡충 밟고 간
쑥국을 먹는다
꿀벌이 날개 스치고 간
쑥국을 먹는다
파리가 발 비비고 간
쑥국을 먹는다
내 앞으로 지나간 새끼 뱀
쑥 잎을 날름 핥았을까?
흰나비가 예뻤어 하며
쑥국을 먹는다

봄 냄새가 좋다

산수유 꽃 피었네

도화지에 노란 점 콕콕 찍어 놓은 것처럼
전교생이 활짝 펼쳐 든 노랑 우산처럼
밥그릇에 소복이 담긴 조밥처럼
팡팡 터지는 폭죽 불꽃처럼

접시꽃 찬장

빨강 하양 분홍
접시 닮아 접시꽃

꽃 진 자리마다
동글납작 까슬까슬한
씨앗 주머니

그 안에는
꼭 단추만 한 접시가
서른 개도 넘게 들었지

진짜 귀한 접시는
동그란 찬장 안에
꼭꼭 감춰 두었지

문서준(의정부, 화교소학교 3학년)

손 씻는 나무

단풍나무가 손 씻는다
빗물에 손을 씻는다

끈적끈적 찌꺼기 묻은
아주머니 손
할머니 손
아이 손

쓱쓱 닦고 지나가도
그러려니 하던
음식 쓰레기통 옆 단풍나무

얼룩덜룩한 손을
빗물이 씻어 준다
가만히 잡아 준다

최예송(양주, 고암초 3학년)

토란 잎

내가 침을 퉤 뱉어도

예쁜 구슬로 만들어 보이는 네 마음

참 곱구나

안성우(양주, 고암초 5학년)

오월

근로자의날, 어린이날, 입하,
어버이날, 석가탄신일, 세계공정무역의날,
유권자의날, 입양의날, 자동차의날, 식품안전의날,
스승의날, 세계가정의날, 성년의날, 5·18민주화운동기념일,
발명의날, 세계인의날, 소만, 부부의날, 가정위탁의날,
생물종다양성보존의날, 방재의날, 실종아동의날,
대중교통의날, 세계금연의날, 바다의날

휴우,
많다

구름, 구름

할머니가 마당에 뿌린 세숫대야 물
벼 이삭에 송송 맺힌 이슬
저수지 오리들이 물장구친 물방울
바람이 쓸어 온 먼지
먼 들녘에서 피어오른 연기
고래가 퉁긴 바닷물 속 소금 알갱이
구름은 이 모든 걸 보듬어 안았다
구름은 그래서 뭉게뭉게 멋지다

날아오르는 은행나무

만 번 이상 꿈을 말하면
이뤄진다 했는데

은행나무는 틀림없이
그렇게 한 거야

새처럼 날고 싶다고
만 번 넘게 말한 거야

온 동네 참새들이
영차 영차
나무를 들어 올리잖아

은행나무 밑동이
들썩들썩하잖아

배추가 방글방글

돌밭 일궈 배추 농사 짓는
우리 할아버지
속이 꽉 찬 배추를 둘러보신다

─배추가 방글방글 웃는구나

배추가 꽃처럼 웃는 배추밭에서
할아버지도 웃고
나도 웃고

비 오는 유리창

헤헤 웃는 빗방울,
부루퉁한 빗방울,

착 달라붙는 빗방울,
미끄러지는 빗방울,

통통한 빗방울,
날씬한 빗방울,

풀잎 담은 빗방울,
하늘 안은 빗방울,

우주를 품은 빗방울,
빗방울,

최유찬(안산, 경일초 5학년)

유월 어느 맑은 날

개망초 꽃 한들
미루나무 잎 팔랑
흰 구름 둥실

가로세로 한 뼘
사각사각 오려서
봉투에 담았어요

나는 지금
편지 부치러
바람 우체국에 가요

한예은(양주, 칠봉초 3학년)

나뭇잎 초대장

여기는 느릿느릿 세계
떨어진 나뭇잎이 땅에 닿는 데
석 달 열흘 걸리는 나라예요

이곳에서는
달팽이 거북이 나무늘보가
아주 인기 있지요

올해 느림보 선발 대회에서는
지렁이 선수가 우승을 차지했죠

빨리빨리만날바빠 바이러스에
감염된 분들을 초대합니다

석 달 열흘 뒤에는
바빠 바이러스가 싹 사라집니다
느릿느릿 세계로 오세요

백유빈(안산, 중앙중학교 1학년)

겨울엔 사람도 겨울잠을 자는 거다

제3부
지구를 도는 사람

단추 달린 옷

우리 할아버지는
지퍼 달린 셔츠가 싫대요

지퍼 이빨이 옷을 물어서 싫대요
어떤 때는 꽉 물고 놔 주질 않아서
한참 애를 먹는대요

쭉 올리고
쭉 내려서
빨리 여닫을 순 있어도
역시

단추 달린 옷이 좋대요
하나하나 잠갔다 풀었다
시간은 걸려도

한 줄짜리 지퍼보다
일곱 개짜리 단추가
정이 간대요

맹서영(안산, 경일초 4학년)

엄마 생각

감기 몸살 걸린 우리 할머니
끙끙 앓으며 엄마를 부르셔

아이고, 어매
하이고, 어매

그래, 할머니도 엄마가 있었지
옛날엔 나 같은 어린애였지

아플 땐 누구나 아이 되나 봐
엄마 보고 싶은 아이 되나 봐

세상에서 가장 맛난 밥

시골에 혼자 계시는 외할머니
저녁밥 드시며 싱글벙글
오늘은 밥이 달다 하십니다

내 얼굴 보고 한 숟갈
동생 얼굴 보고 한 숟갈
우리가 반찬이라 하십니다

나는 할머니 숟가락에
시금치 나물 살포시 놓아 드리고
동생은 방긋, 웃음을 얹었습니다

지금 우리는
세상에서 가장 맛있는 밥을
먹습니다

후유

부부 싸움 하고 사흘째
입 꾹 잠가 버린 아빠

엄마가 무 썰다 손을 베이자
번개처럼 달려가요

소독하고
연고 바르고
밴드를 붙여 줘요

괜찮아?

한마디에 엄마 눈가가
붉어졌어요

엄마가 손을 베여서
다행인 날
다신 없으면 좋겠어요

권성민(양주, 고암초 4학년)

짓다
— 우리 할아버지

고구마 심고 모내기한 할아버지
몸져누우셨어요

아버지, 농사일 이제 그만하세요
아빠가 가늘게 한숨지었어요
할아버지는 손을 저었어요
목수가 집을 짓듯
양복쟁이가 옷 짓듯
네 어매가 밥을 짓듯
평생 지은 농사를 어찌 그만두겠냐

아버님, 보약 좀 지어 드려야겠어요
엄마가 안타까운 표정을 지었어요
아니다, 아녀
우리 만식이 밥 잘 먹고
고구마 맛나게 먹는 것만 봐도
이 할애비는 힘이 불끈 솟는구먼
날 보며 미소 짓는 할아버지

촌스럽게 만식이가 뭐야? 이름 바꿔 줘요
울며 떼쓰던 일 죄지은 것만 같아
절로 머리가 수그러졌어요

말에도 맛이 있다

할머니, 저 오늘 기분 끝내 줘요
학교에서 문상 받았거든요

문상?
그런 상도 있었나?

할머니도 가끔 쓰시잖아요
오냉, 불백, 비냉

내가 그랬구나
그래도 요즘 말은 당최 모르겠어
말에도 맛이란 게 있는걸

문화 상품권 오이냉국
불고기 백반 비빔냉면
어때요, 할머니?

오냐, 오냐
이제야 말맛이 좀 나는구나

불백

비냉

문상

오냉

69

귀울음

이십 년 전부터 우리 할머니
한쪽 귀에선 소낙비 내리고
다른 귀에선 참새가 울었대요

비가 오나 하며 내다보거나
참새가 들어왔나 하며
방 안을 둘러보는 날 많았대요

할머니가 내 입 모양을
가만히 보는 것도
내가 할머니께
두세 번씩 말하는 것도 다
참새 때문
소낙비 때문

참새야, 멀리 날아가라
어두운 귓속이 갑갑하잖니
소낙비야, 그만 그쳐라
너도 해님이 보고 싶잖니

풀다
── 지난 일요일

시장 다녀오신 할머니 비닐봉지 매듭 풀고

감기 걸리신 할아버지 연신 코를 풀고

아빠는 일주일치 피로 푼다며 낚시 가고

엄마는 욕조에 가루비누 풀어 이불 빨래

누나는 친구와 오해 풀 일 있다며 한 시간째 통화 중

갖고 싶던 야구 방망이 생긴 동생은 소원 풀었는데

나는 시험 예상 문제 풀며 머리가 지끈지끈

오면 안 되는 미래

집 한 채 주세요

어떤 집을 원하십니까?

바다가 한눈에 내려다보이고
백화점 은행 영화관이 코앞에 있는 집,
말고요
산이 원래대로 푸르고
강이 원래대로 흐르고
별이 쏟아질 듯 반짝이는 집
그런 집 주세요

손님, 죄송하지만
지구에는 더 이상 그런 집 없습니다
혹시 괜찮으시다면
다른 행성에 주문해 드릴까요?
참고로 그곳까지 가는 데
오십 년 걸립니다, 손님

황보성윤(안산, 경일초 4학년)

착한 세상

착한 오리 착한 빵 착한 낙지
착한 양파 착한 설탕 착한 꽃배달
착한 딸 착한 아들 착한 영어 착한 과외
착한 기름 착한 강아지 착한 커피 더 착한 음료

정말요?

어떤 아이

콧물 훌쩍이며 볼일 보는데
옆 칸에서 건너오는 소리
―으응, 누구지?

휴지로 코 풀고
변기 물 내리고 나갔더니
문 앞에 기다리던 아이가
걱정 가득한 눈으로 물었다
―형, 울어?

―아니, 콧물이 나와서 그래

그제야 아이는
휴, 다행이다 하며 나갔다
폴짝폴짝 엄마에게로 갔다

지구를 도는 사람

요트를 타고 5016시간 동안
4만 1900킬로미터를 항해한 아저씨가 있어

왜목항을 출발해 209일에 걸쳐
적도 남아메리카 인도네시아를 돌았지
혼자서

폭풍우보다 타는 태양보다 힘든 건
외로움이었어
그때마다 아저씨는 하늘을 봤어

그리운 얼굴을 구름에 그려 보고
지나가는 바닷새 이름 불러 주고
바람과 함께 휘파람을 불었지

자기가 하고 싶은 일을 하라고
그럼 행복해진다고
TV 속에서 아저씨가 말했어
나한테

안동재(안산, 경일초 4학년)

가장 큰 위로

한 아이가 울자
다른 아이가 울고
또 다른 아이가 따라 울었어

왜 우냐고 묻지 않고
달래지도 않고

울음은 금세 방 안 가득
세 아이가 으앙,
앙앙앙!

매미처럼
개구리처럼
참새처럼 울다가

한 아이가 그치자
다른 아이가 그치고

또 다른 아이도 그쳤어

뚝!

겨울잠

꽁꽁 얼어붙는 겨울엔
사람도 겨울잠을 자는 거다

동화 속 무민이 솔잎을 먹듯이
맛있는 음식 실컷 먹고
푹 한숨 자고 나면
어느새 봄은 와 있을 테니

몸과 마음이 아픈 사람
외롭고 힘들고 지친 사람들은
겨울잠을 자는 거다

모든 걱정 잊고서
번데기처럼 코 자는 동안
봄 나무에 물오르듯
새 힘 퐁퐁 차오를 테니

* 무민 : 핀란드 동화 무민 시리즈에 나오는 인물. 솔잎을 먹고 겨울잠을 잠.

최민준(고양, 무원초 1학년)

까마귀처럼 크게 웃어 봤다 하하하

제4부

멸치 주민등록증

바다토끼야

그림 그리다 보라 물감 없으면
군소에게 빌려 오자

뿔 더듬이 두 개가 토끼 닮은
군소를 찾아가자

바닷말 우거진 동해에 가면
엉금엉금 군소를 만나겠지

물컹물컹한 손 잡고 인사하면
보라색 먹물을 찍! 뿜어 줄 거야

그러면 우린 보답으로
군소에게 어울리는 별명을 불러 주자

바다토끼야
바다토끼야 하고

84

* 군소 : 해조류를 먹고 사는 연체동물. 더듬이 한 쌍이 토끼 귀를 닮아서 '바다토끼'라고도 부름.

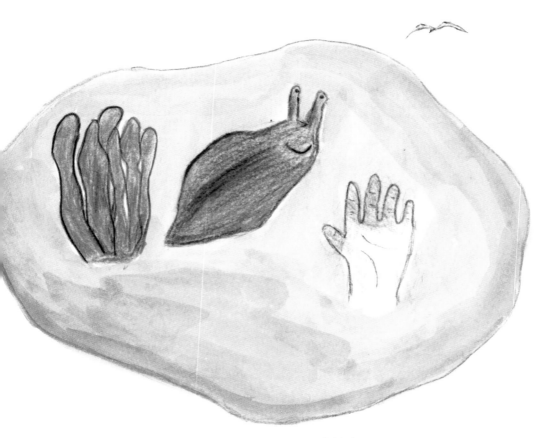

이태섭(양주, 삼숭중학교 2학년)

직박구리 점심시간

직박구리가
이팝나무에서 둘레둘레
까만 열매 몇 알 따 먹고는

삐 삐 삐이요~
삐 삐 삐이요~

점심 잘 먹었으니
노래 한 곡 선물한다며

삐 삐 삐이요~
삐 삐 삐이요~

도롱뇽 알

숲 속 조그만 웅덩이에
투명하고 길고 통통한
도롱뇽 알

몰랑몰랑한 그 안에
점. 점. 점.
새끼 도롱뇽 들었다

막대기로 도롱뇽 알
쿡 건드려 보다 그만
미안해졌다

어디선가 도롱뇽 엄마가
또랑또랑 지켜볼 것 같아서
발 동동 구를 것만 같아서

사막에서 살아남기

아프리카 나미비아 사막엔
특별한 재주를 지닌 딱정벌레가 산대
안개가 꼈다 걷히는 그 짧은 순간
물구나무 선 채 날개를 펴는
스테노카라 딱정벌레
돌기에 붙어 조금씩 커진 안개 물방울을
허투루 흘려 버리지 않는대
오톨도톨한 겉날개 돌기를 따라
물방울이 입으로 흘러 들어가거든
딱정벌레는 그렇게 마른 목을 축인대

이현준(안산, 경일초 4학년)

길고양이가 그랬어

다시 태어난다면
한 그루 나무로 살고 싶어

쓰레기를 뒤지거나
쫓겨 다니지 않아도 되니까

나무로 태어난다면
아까시나무로 살고 싶어

평생을 한곳에 서 있더라도
비바람에 흔들려도 난 괜찮아

꽃과 가시 있으니 그걸로 됐어
햇빛과 빗물로도 배부를 거야

최승원(양주, 고암초 1학년)

왕소금
— 할머니 옛이야기

사흘 굶은 생쥐가 부뚜막에서
사발에 그득 담긴 쌀을 발견했단다
먹음직한 쌀을 입 안 가득 욱여넣고
오독오독 깨물다 정신 번쩍 났지 뭐야
엣 퉤퉤, 폴딱폴딱, 벌컥벌컥!
항아리 물을 허겁지겁 먹고는
피식피식 웃으며 생쥐가 하는 말이
아우 짜! 난 또 쌀인 줄 알았네

춤추는 냄비

찹쌀 담가 둔 냄비 안에서
노래기 서른세 마리 춤춘다

따닥따닥 뽁뽁뽁……
따닥따닥 뽁뽁뽁……

냄비는 옆구리가 간지러워
노래기 발가락이 간지러워

싸락눈이 싸락싸락
창문을 두드리는 저녁

딸꾹질하는 청설모

깍! 깍!
청설모가 딸꾹질하네

나뭇가지에 엎드려
다리 꼬리 늘어뜨리고
흰 배를 꿀렁거리네
깍! 깍!

청설모야
왜 그래
어디 아프니?

혹시 너
다람쥐네 알밤
몰래 먹었니?

유연서(안산, 경일초 4학년)

멸치 주민등록증

멸치야,
네 귓속에는
돌처럼 단단한 뼈가 들었다며?

소리 듣게 해 주고
몸 균형을 잡아 주는
이석

그 나이테에다
몇 살인지
몇 년 며칠 태어났는지
꼼꼼히 새겨 뒀다며?

고등학생 우리 누나
엊그제 받은 주민등록증을

멸치 넌
미리 받고 태어났구나

참새 목욕탕

참새 아줌마
들깨 밭 귀퉁이에
목욕탕 차렸어요

옴폭옴폭
모래흙 목욕탕

해님이 따끈따끈
데워 놓은 욕조에
참방참방 뛰어드는
참새 손님들

파닥파닥 파르르
파르르 파닥파닥

지그시 눈 감고
납작 엎드려선

아, 시원해 짹!
어, 시원해 짹!

이예원(안산, 경일초 4학년)

99

강아지와 해바라기

해바라기야, 눈부셔?
―아니

무슨 걱정 있어?
―아~니

다리 아파서 그래?
―아니야

그런데 왜 머리를 숙였어?
―널 보려고

나를 왜?
―강아지야, 오줌 냄새가 지독해
인제 딴 데 가서 뉘라, 응?

김태원(안산, 경일초 5학년)

웃는 까마귀

오늘 아침
까마귀 한 마리
하 하 하
웃으며 지나갔다

나도 한번
까마귀처럼
크게 웃어 봤다
하 하 하

기분 좋아졌다

이태희(안산, 경일초 4학년)

하얀 개

하얀 개가
내 앞을 지나간다

혀를 살짝 내밀고
꼬리 찰찰 흔들며

빠르지도 느리지도 않게
설레며 간다

하얀 개에게 다가가
물어보고 싶다

어디 가니, 개야?
무슨 좋은 일 있니?

둥지를 봤다

어린 새 주둥이는
작은 꽃송이

먹이 물고 온 어미 향해
활짝 피어나는
노란 꽃송이

삣 삣 삣
소리 내며 피는 꽃

삣 삣 삣
소리 내며 크는 꽃

동시 속 그림

김유빈(의정부, 청룡초 5학년)

이동건(안산, 경일초 4학년)

유연서(안산, 경일초 4학년)

김도현(안산, 경일초 4학년)

이윤지(양주, 고암초 3학년)

최예송(양주, 고암초 3학년)

맹서영(안산, 경일초 4학년)

신재권(안산, 경일초 5학년)

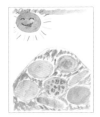

신재권(안산, 경일초 5학년)

문서준(의정부, 화교소학교 3학년)

최예송(양주, 고암초 3학년)

안성우(양주, 고암초 5학년)

최유찬(안산, 경일초 5학년)

한예은(양주, 칠봉초 3학년)

백유빈(안산, 중앙중학교 1학년)

맹서영(안산, 경일초 4학년)

권성민(양주, 고암초 4학년)

오승현(안산, 경일초 5학년)

황보성윤(안산, 경일초 4학년)

안동재(안산, 경일초 4학년)

최민준(고양, 무원초 1학년)

이태섭(양주, 삼숭중학교 2학년)

이현준(안산, 경일초 4학년)

최승원(양주, 고암초 1학년)

유연서(안산, 경일초 4학년)

이예원(안산, 경일초 4학년)

김태원(안산, 경일초 5학년)

이태희(안산, 경일초 4학년)

김광현(안산, 성포초 4학년)

안성우(양주, 고암초 5학년)

내가 생각해도

내가 기특할 땐

내 머리를 쓰다듬어 주자

잘 했어

정말 멋져

아낌없이 칭찬해 주자

괜찮아, 나니까

유은경 동시집

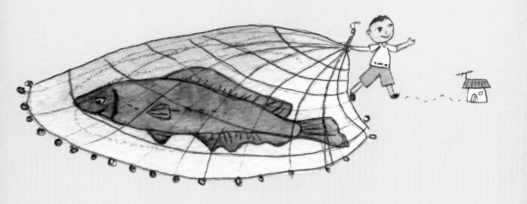

「씨앗바구니」,「거북선 창가」,「지하철을 탄 고래」 중에서
그림 최영란